KB053443

끝내 붉음에 젖다

은월 시집

인지

끝내 붉음에 젖다

1판 1쇄 인쇄 2022년 7월 10일
1판 1쇄 발행 2022년 7월 15일

발행처 도서출판 문장
발행인 이은숙

등록번호 제2015-000023호
등록일 1977년 10월 24일

서울시 강북구 덕릉로 14(수유동)
전화 02-929-9495
팩스 02-929-9496

문장 시인선 013

별도 봄이올

정구

은월시집

도서
출판 **문장**

▶ 시인의 말 (自序)

아무리 모자라고 못다 한 말끝이라도
누군가의 가슴에 스미다 공손히
받아준다면 그 것으로 족합니다
겸손하게 반듯하게 나를 채우면서

2022년 여름
은월 김혜숙

▶ 차례

2부

3부

4부

1

노란 생각 꽃

생각나는 것도 없었네
그저 무의미였네

생각이 깊은
그의 사상에 골똘한
그림이 안 잡혔네

산에 올랐네
그 옛님이 누운 자리에
생강나무 꽃 피었네

보았네
들었네
그 꽃

생각이 가득 찬 그림
노란 생각에 골똘한
옛님 곁에 서 있었네

멀리 돌아서 찾아왔네
그가 무덤* 밖에 남긴 긴 연서

* 망우리공원묘지 −박인환님의 묘소 옆에 이른 봄 생강나무 꽃이 피어 있었다

애기똥풀 꽃

뒤집기 하고
기어가기 하고
일어나 앉기 하고
걸음마 하면서

봄기운에 신나
들에서 밭둑과
논둑길에서

한 번씩 귀엽다
엉덩이 두들겨주는 바람에
삐죽삐죽 앙앙앙
울음소리
아가의 노란 응가

목련 꽃

오덜오덜 떨던
문간방 앞에 서있는
목련나무 아래
밤새 누군가
뽀얀 미음 한사발
떠놓고 갔네

그새 칭얼대던 앵앵이는
뚝 그치고
풍경소리 가득하네
모정 탑에서

너덜너덜 쌓인 몸체들이
길을 내고 있었네

펠리컨새 모정 피를 빼서
먹이고 살점을 떼어 먹임이 있네

오로지 온몸에서 돌을 빼서
켜켜로 눌러 두는 모정도 있었네

명자라는 여인

이 세상 어느 곳인들
어떠하리

네가 있는 곳이 바로
내가 있는 곳이네

두 손 맞부딪쳐
반겨보는 탄복 소리

어여쁜 너의 미소에
내 무릎에 툭 손을 댔네

너의 붉디붉은 웃음도
세상에 널리 알리는
명자*였으니
어디에나 너 있는 곳
내 안에 있는 것이네

*몇년 전 중국여행중 삼국지 역사 인물 동상을 모셔둔
 청도 무후사에서 만난 명자꽃

방울꽃

젖니 하나 둘 셋
하얀 이 사이로
까르르 웃음소리

총총총 계단 밟고
내려 올 아기의
걸음마

곧
손발
오동통통
물오르는 소리

오도개

양평 농장에 꽃이 아픔을
겪고 나니 보상을 가져 주듯
줄줄이 그 자식들을 생산하고 있다

푸른 엉덩이를 보이며 몽고반점
온통 몸에 두른 자두, 매실도 그렇고

그 건너 복분자를 닮았다고
고집부리는 뽕잎 이파리 사이로
붉은 주머니 주렁주렁 달고 있는 오도개*
내 어릴 때 할머니 젖무덤에서 맡았던
그 향기가 코 밑을
건드리고 훌쩍거리더니
눈앞에 더듬더듬 어린 날이 찾아든다

내가 오도개를 입 주변
까맣게 될 때까지 먹고 난
그날 밤은 할머니와 함께
잠결에 일어나 뽕밭에서
봄날이 가기 전 비밀을 만들곤 했다

양평의 밤 달빛이 휘영청하고
개구리 한참 울고 창밖에 뽕나무

그림자가 바람에 흔들대면
달빛 줄기 타고 뽕나무 밑에 앉아본다

*오도개 – '오디'의 방언

양귀비꽃

저녁노을에 타버린
붉은 얼굴 하나
어느 이의 낯빛에
온통 물들어
그렇게 욕망을 태워내다
꺼져버린 창공에
핏자국을 남기고 간
설화가 5월 어느 날
슬프고 간결한 양비귀꽃
양 귀가 팔랑팔랑
몽롱이 이승을 떠돌다
무겁게 끌고 가는 하늘의
어두움을 서서히 흘리며
받아 내고 있었다

배롱나무 꽃

촉수를 올려 하늘 끝에
부끄러움 걸어 둔 채
붉은 정염情炎 타 마시고
꽃술 밑에 잠든 여인

석 달 열흘 명옥헌* 배롱나무꽃
달빛에 비친 그림자 우물 속에
서성이다 저 혼자 온몸 휘어가며
스스로 적셔낸다

*조선선조 때 사마시와 광해군 때 진사시에 합격하였으나
　벼슬에 뜻이 없던 오희도가 어머니를 모시고 은거하던 곳이다.
　담양 명옥헌(鳴玉軒) 계류를 거슬러오르다보면
　우암 송시열이 작은바위에 명옥헌(영롱한 물소리)이란 글씨를
　새겨 넣었다고 한다.

금계국은 어디나 핀다

저어기에서 여기까지
서 있는 수직 나열은
둑길 따라 순서대로
휘청이더니
이마 훔치는 노란 손수건
피고 피는 당신얼굴

눈주름이 몇 겹 와르르
쏟아지고
순식간에 노랗게 여윈 저녁 들판

한번 곧추세우다
숙인 허리에 금계국이
가득 피었습니다

과꽃이 피었네

연하디 연한 너의 가냘프고
낭창한 다리 사이로
어느 여인의 숨결이 한풀 왔다가는

여름 햇살 연보랏빛 사랑
곱게 스쳐 한들대는 엷은 웃음

담장 너머 알알이 맺는
청포도 익은 날도 당신 사랑만큼

울먹인 가을 하늘가에 아른아른
피어나는 생각이 우르르 달려오네

개망초꽃

세월 앞에 보란 듯이
광야에 핀 너의 그날을 채워
이곳까지 고운 걸음 걸어
하얀 가슴 막을 열었네

설악초는 피고

하루도 견디지 못하게 하던
소음은 쫓겨 가고 툭 끊겨
심장 조이는 적막이 안쓰러운
연무의 하루가 보이지 않게
궐기하는 아우성

그 공간을 비집고
먼 기적처럼 달팽이관을
타고 돌며 쿵쾅대는 저녁이다

간혹 도로에서 올라오는
차 소음의 진저리치고
지나가는 소리에 정신 줄
바짝바짝 서곤 한디

회색의 도심 저쪽 등고선
뉘엿거리며 기어코 오고야 말겠다는 듯
연신 두리번대는
안간힘이 처량하다

어느덧 설악초는
핏기 없는 얼굴로
도심 정원에 가득하고
난 피돌기가 멈췄다

감나무가 죽는 일

가을까지 끝내 살다가는
알갱이 굵어지는 집착이라면
수용하리라 하는 감나무의
생각일 것이다

한데 봄에 심은 감나무
이 가을 유언이 가슴 아프다

지질에 안 맞아 살지 못한다는데도
굳이 고집 쓰는 집착이 몹쓸 죄를 낳고

그에 가을빛은 차갑고 무섭게 깊어지게 하는
생각과 마음의 시나브로
어느 곳에 붙여 둘지 모르는 일이 되었다

감나무 때문일까 그것이

감꽃

밤이 어둠 쫓아 내빼가고
앞마당에 누군가 밤새 꽃무덤을 두고 갔네

얼마 전에 편지를 썼던 유년의 봄은
감꽃이 피었다 한 것 같은데

누런 포장지엔 감꽃이 무늬져
그리움을 데리고 우체부 자전거가
놓고 간 소포와 함께 툇마루에 앉아 있네

우주를 떠돌던 내 유년의 감꽃은 입속엔
달큼했지만, 혼자여서 떨떠름하고 아팠네

천개
– 양주 나리공원

천개의 눈망울

천개의 바람

천개의 구름

천개의 윤슬

천개의 노래

천년나무

천년세월

천일홍

다가오는 천개의 소리들

천이라는 숫자가 왠지

붉게 충혈되어 있습니다

억새

어느 문장이 저토록
눈부신 백지화할까

나의 가슴을 쓸어주며
말끔히 비워내는
하늘도 오염됐다
날마다 쓸어주는
가을마당 청소부

다 쓸고 나면 하얗고 긴 문장이
감성은 있되 쓰지 못한 내력이
가득 차는 백발로 엮은 붓끝

동백꽃

누가 이곳에
뜨거운 심장 떨구어
가만히 내려두었나

잎사귀마다 붉게 묻은
목울음 걸리더니
도톰한 입술마다
숱한 묵언수행
짙붉은 핏방울
지면 위에 고스란히 새겼네

꽃 지고

피우며 피우다
온 힘을 다하고

숙이며 접혀져
온 힘을 다 빼고

넌 나이고 싶고
난 너이고 싶지

온통 꽃으로 왔다
이루고 맺고 나니

낮에는 차가운 빈 창공
맨발로 나서서 울다

밤하늘에 달빛 한 줄기
쪼그려 앉아 여위고 마네

아차산 홀로나무

일손을 놓고
앞뜰 정원 무성해진
나무들과 오래간만에 대화를
나눠 보는 그런 날입니다

늘 그렇듯
뿌연 회백색 창공을
한 겹 까는 비 갠 날
물끄러미 시야에 당신이
들어왔습니다

멀리 아차산 능선에 사는
홀로 나무에게
여기!
여기!
외치며 한 팔 흔들어 보여봅니다

오늘은 왠지
항상 멀찌감치 서서 지켜보던
나의 홀로 나무 저 홀로 고개 기울여
바람의 손을 잡고서
그동안 등한시한 시간 동안
서운한 마음인지 등을 돌리고 있습니다

그럴지언정 홀로 나무
나와 당신은 버팀목 하나 존재감입니다

다시 흔들리지 마라

내 처절했던 기억들
뿌연 너의 머릿결을
쓸어내며
상암 하늘공원에 하얗게
손을 흔들며 쓰게 웃었네

숱하게 비워 내지 못한
미움들과 정제 되지 못한 연약함
나의 흔들리는 마음을
더는 보이지 말라는 당부인 듯
삶이란 이와 같으나 그럴지언정

억새야! 너 또한 그러하듯
다시는 흔들리지 마라

2

반야사에서 날 봤네

타고 타는 정염을
타이르다 못해
어쩌자고
절 마당에 토해내고

붉게 붉게 끓어오르는
번뇌 벗어나지 못해
속세를 떠돌던 수호랑이
다시 찾은 반야사

산발이 된 온몸
가지런히 차려입고
백 년을 살 것 같이
백일을 찔러내는 심장 하나
배롱나무꽃 아래 묻었네

넌 거기 난 여기
- 물의 정원에서

몸은 둔치에 질러 두고
허리 휜 쪽은 그리움에
잔물결 쪽으로 기울다
달려갈 듯 뻗은 가지가지에
온통 슬픔이 걸려있다
난 한 치 앞에 서 있고
넌 한없이 물러서서
곧 그 물길 속으로 잠영하겠느냐

꽃님 보살
—작천정 가는 길

요양원 가는 길목에
꽃 눈물 흘리는데
벚꽃 터널 앞으로
꽃님 보살 나란히 춤사위하며
하늘의 귀한 손님 내렸으니
눈 부릅뜨고 걷거라
어허—
꽃님 보살 옆구리에서
벚꽃잎 뿌려가며
쿡쿡 찔러대는 꽃 터널 옆
카페촌과 고깃집에
희락과 살생 곁에
연신 돈 보따리 꽃 보따리
꽃 보살 복채 들고 신명 나서
꽃 빗자루 털며
전귀사 꽃님 보살 영남 알프스
고개를 설설 설 넘어가네

왕숙천

벌말 돌섬 아낙네 빨래터
맑은 물 흐르던 한강 줄기
고기 잡는 나그네들
망태기 메고 들고나던 곳

한강 줄기 아름다운 샛강 왕숙천
물고기 철새는 떠나지 않았는데
그때의 그 사람은 장문을 남겼네

해묵은 갈대밭 하천에
하룻밤 몸 누이고 간 자리 뒤
모든 시름 잊고 간 왕의 체취
왕숙천의 노래
다시 올 성은 기다리며
아직도 긴 숙면을 취하네

월류봉에서

세상 끝까지 달려갈 것 같은 철길
간이역에 멈춘 땡볕의 여름날

황간역 마실 카페에서
차 한 잔을 마시고 찾아간 월류봉
만경청파晚景聽罷에 우뚝 선
절벽 위 정자에 내 몸을 앉혔네

달도 머물다 가는 곳에
날 놓아 은월銀月에 비추었네

별 마당에서

누군가가 쌓아 올린
별 별 별에 사람 꽃이 피고

손에 닿지 않은 곳에
누군가도 살고
옛사람의 그림자도
또렷이 박혀있다

별나라 별들
수선스러운 별* 마당에
뭇별들 화르르
봄 별꽃이 한참이다

*코엑스 별 마당 도서관의 봄

예봉산에 올라

예봉산을 오르니 앉은뱅이 산 꽃이
서로 마주 보며 조막손을 낮에 폈다가
밤에 오므리면서 때가 되면
무언가를 저질러 보겠다는
바위와 바위틈 사이

누군가 지나간 쪽을 향해
손 뻗은 소나무 몸짓은 숭숭
가슴에 구멍을 내고 살가죽으로
대금 소리를 내며
그 가슴팍에 날 선 칼끝이 지나가듯
동이 트기 전에 새벽은 잉잉
바람이 떠돌다 할퀸 곳마다
솔깃 사이로 터지고 터져 나오는 울음들
밀리 한강 물은 한 겹씩 주름을 만들어 둔다

그렇게 소나무는
한없이 영역을 차지하겠다는
발밑의 강인한 힘줄에 눈물방울이 뭉쳐
검붉게 출혈 되었으니
예봉산은 아무것도 모른 체
속절없거나
무심하거나
누군가에게 할퀸 자리가 한없이 아프다

백령도에서

날개 있다고 전부 날수 있는 것은 아닌 것입니다

날개가 있어도 달음질치기 위한 몸에 소유물일 뿐
날지 못하는 짐승일 뿐
그 이상도 그 이하도 될 수 없는 것입니다

날기 위해 지붕에 오르기는 하지만
그 자리에서 뛰어내리는 행동 외엔
할 수 있는 것이 더 없다는 것입니다

날개 있어 하늘을
날아가는 존재는 한없이 날다
세상을 비웃듯 내려다봅니다

배설물조차 절벽이든 나뭇가지 등
자기 마음 내키는 대로 내질러 놓는 것은
자기 외엔 더 없다는 것일 겁니다

날 수 있는 것도 날지 못하는 것도
이 세상에 다 같은 존재
백령도 물오리와 괭이갈매기도 그렇습니다

연화도에 가면

가지 못해
그리움이더니
가서 보고 나니
아쉬움이 되고
뒤돌아서니
뒤늦은 후회처럼
다시 가고 싶은 그 섬
크레바스 절벽이
심장을 가르치고
바람이 숨구멍을 내
포효하듯 밀려드는 파도가
등대 하반신을 매질할 때마다
물새가 대신 울어주는 곳

연밭에서

어둠을 젖히고 갯가를 밀고 미끌이는
소금쟁이 앞에

두 다리를 질러 넣고 맑게 웃는
노인의 삽자루로 하나씩 벗겨낸
살갗을 봅니다

큰 잎사귀에 맺힌 눈물의 의미는
무엇인지 모르지만 사는 게
팍팍했던 지난 무게가 앞서가는
여인이 끼고 가는 광주리의
짙은 흙냄새 찌든 고쟁이
연 잎사귀만큼의 그늘은

필경
고됨이 질척되어 허리춤
반이 굽은 것은
아마도
지난 시간이 연뿌리처럼
숭숭 뚫려도 견딘 오기일 겁니다

선암사 가는 길

뜬금없던 소식 있었네
뜨겁게 태양의 훈계 듣고
세상을 혼란 시키며 이도 저도
무릇 가늠하기 어려운 날이더니

사랑을 온전히 맺지 못하고
오로지 단청에 탱화에 묻혀가기 위해
누군가 달래 보는 반그늘 밑에
한없이 머릿결 흔들다
새기고 새기다 진홍빛에 젖어 간다
꽃무릇 수선화

몽산포에서

연신 더디 가는 해걸음에도
신바람 난 갈매기 불놀이하는 수평선
벌벌 기는 방게 곤두박질 여러 차례
바위섬 게딱지 모래밭에 맛조개
하품하는 동죽 얼굴 노을에 탄다

서녘 하늘 위 누군가 불씨를 놓고
푸른 바다 여름의 수선스러움
이내 밤의 신들이 모여들며
심장 가득 멀리 가까이 북소리 낸다

여름밤도 깊은 그 파도
넘실넘실 서럽게 우는 밤
누구는 찾아왔다 누구는 멀어간
슬프디 슬픈 노래

모래 틈에 숨어드는 밤바다
타닥타닥 타올랐다가 못내

모던기와에서

한날,
태왕사신기를 가져다
드라마를 입어보았다

아차산 아래 대장간 마을에
주둔한 왕과 칼의 비밀 장소
.

아차산에서 전쟁을 준비한
온달 장군이 비웃었다
.

역사를 뒤섞어 세워둔 마을 입구
모던기와* 카페에 모여
커피를 마시며 미래로 날아온
그들은 서로 은근한 대치를 한다

칼을 굽는 왕의 병사와
돌 나르는 군졸은
서로 영역을 논하지만
정작 먼 산 바라보는 당사자는
팔짱 끼고 아무 말이 없다

대성암 암자에 핀 상사화가
달려와 자신도 입을 도포를

주면 전장에 나가겠다고도 한다

왕의 눈 한쪽이 애꾸 선장처럼 박혀
아차산을 지키지만 모던기와에
드나드는 객들은 별반 관심이 없다

그저 한강의 물 흐름을
바라보며 저무는 노을과 서로
붉어져 귀가를 서두를 뿐

모던기와는 피곤한 어깨를
주무른다

아차산은 과거와 미래가 생존하여
눈요기에 여념 없지만
산 중턱에 내 소나무는 의젓하게
무기 한 자루 없어도
든든하게 날 지켜주고 있다

* 모던기와 −워커힐 가까운 아차산 아래 한강이 내려다보이는 카페

어쩌란 말인가 가을

점점 가을이 저마다
서성거리니 어쩌라고

잊히지 않은 시간 붉도록
서로 익어가는데

정작 대상 없는 잎새들
저 스산한 외로움은 어쩌라고
한걸음 물러서서 울상인 나무 사이
어쩌란 말인가

구리 역

돌다리 건너던 시절엔
석탄 실은 기적소리

철길 스치는 바람소리
외로운 기찻길

먼동 트는 아차산 햇살가득
왕숙천 물고기 몰아

오늘, 구리역 부푼 희망
힘차게 다가오는 곳

내 삶의 종착역 그곳에
사랑이 도착했다

당신이 내게
기쁨으로 다가온 것처럼

구리시장에서

구리시장 좁은 골목
건물 옆 노상엔
배추 시금치 고추
갖가지 야채를 부지런히
담는 할머니가 있다

지방 사투리 구수한 할머니는 콩나물
천원 어치도 이천 원 어치만큼 주신다
뒤편에 할아버지는 늘
조용히 앉아서 할머니를 지키고 계셨다

오늘은 뭘 해먹나 시장을 나가본다

두꺼운 파란 비닐 덮개기 씌워진
노상 가게는 바람으로 가끔씩 들썩거리고
할머니와 할아버지는 보이지 않았다

밤새 마른 야채 시래기가
꿈에 살아서 날아 다녔다
며칠 동안 양평에서 자란

야채 쌈을 뜯어다
볼테기가 찢어지게 먹고

또 저녁나절 서늘함에 발걸음이
시장 쪽으로 향했다

계신다
평상시와 같이 부지런한
손놀림으로 검정비닐에
야채 담는 굽은 할머니 등이 보였다

반가웠다 눈이 마주치자
문 여셨네요 어디 갔다 오셨어요 좋은데 갔었나보네
나아가 말이여 곱게하고 시집갔다 왔당께
뒷편 자리에 할아버지가 오늘은 안계셨다
근데 오늘 할아버지 안계시네요
으응 갔어...... 먼저 가 있으면 따라간다고 핀히 가라했시어
깻잎 천원어치를 싸주면서 또 이천 원 어치를 주는 손이
떨렸다

구리 섬에 닻을 내리고

언제부터인가
섬 하나 지었다

아차산에 등대 세우고
장자 못에 정박하는
영광스레 금의환향하는
이를 보러 달려가고 싶다

한 날은 눈물짓고
부둣가에서 손 흔들며
이별을 보고
한 날은 재회를 하며
눈물짓고 손잡아 보고

바다와 철노와 한강
그 모두가 내가 사는
누군가를 바라보는 눈길이 구리 섬

그 섬 하나 마음 안에
짓고 부둣가에서
누구라도 기다려 볼일이다

개암사에서

아버지는 9살 때 어머니는 13살 어린 나이에 부모 다 잃고 4명의
어린 동생 뿔뿔이 흩어져 친척 집 지인 집에 맡겨지고 산간
절간 사미승으로 주린 배 채우면서 입술을 깨물며 두 주먹 불끈
쥔 개암사 뒤 우금 바위에 올라 목이 터져라 울분을 토해내고
결심한 삶 사내의 뒷모습은 짙푸러 다시 찾아와 사천왕을
바라보며 그렁그렁 맺히고 어린 동생 하나하나 자기 삶
찾을 때까지 이를 악물고 견뎌낸 세월이 개암사* 녹찻잎처럼
덖고 덖근 세월 배롱나무 호랑가시나무 그 생을 견딘 만큼
깊은 뿌리의 보람이 청청하고 꿋꿋해서 잘 살았다 보듬는다

법당에 조아린 애틋한 시간만큼 덧없던 세월 다 보냈으니
절 마당에서 고개 들어 허리춤에 얹은 양손과 두 다리 벌리고
해냈다고 외치는 조용한 승전고 우금 바위의 김유신과
소정방의 운명적인 만남처럼 까마득한 부모님 얼굴이 흐려와
퀭한 눈가가 개암사 냇물 소리만큼 가득했다

*개암사(開巖寺): 전라북도 부안군 상서면에 있는 삼국시대
　　　　　백제의 승려 묘련이 634년 창건한 사찰

강변역에서

봄날엔 워커힐 둘레길
벚꽃이 흐드러지고
강변역 사람들도 서둘러
벚꽃 향 매달고 뛰거나 걷거나
날마다 어디론가 첫 생처럼 출발한다

전동차가 다가오면
가슴이 두근,
출발할 때 온몸에 피가 빠지듯
내 첫 생과 마지막 생이 교차될 때처럼
나는 목적지에 전차가 도착한 순간부터
귀소본능에 시달리곤 한다

강변역에선 나는 또 뜬금없이
섦은 날 출근 길마다
잘 다녀오길 염려하고
무사한 하루로 돌아올 것을
염려하셨던 어머니가 생각이 난다

맑게 흐르는 한강 철교를 지나면서
전동차 유리창에 윤슬이 빛나는
강물을 보며 돌아오는 강변역엔

이봄

물끄러미

봄 마중 나올 사람의 향기가 그립다

더 가까이 벚꽃은 흐드러지고

간월암에서

서해 바다
긴 여정을 따라 돌아돌아
간월암에 닿는 포말의 끝

땅도 아니오
바다도 아닌 길
그 길에 발을 딛고
작은 암자 위로 무거운 몸을
놓고 한 시름 풀어

인자가 꿈꾸는 석양빛에
얼굴 파묻고 정열에 휘감는 바다
갯내음 삭혀 석화 속살이 입안에
퍼져가는 이 딜달함 같은

문학을 떠메고 둥둥 떠서
노를 젓듯 일렁이는 심신
파도 한 점 없는 간월암* 속으로
숨어드는 작디작은 마음 한 켠

절 마당에 달빛으로
찾아 나선 길은
은빛 줄기 타고 내려
외로운 갈매기 한 마리도

기왓장 위에 잠시 마음 쉬었을-
이별하고 재회하는
저 섬에서 한 달만 산다면-
가끔은 한 번쯤 해 봐도 좋지 않을까
존재해서 등 돌리든지 등 맞대든지

*간월암(看月庵): 충청남도 서산시 부석면 간월도리에 위치한 암자이다.
조선초 무학대사가 창건하였다

3

아신역 그곳에서 은월마을까지

난 아신역*에 겨울에는 가지 않는다
용천리*에 차가운 바람과
눈 덮인 하얀 여백에
나로 낙서하고 싶지 않기에
겨울엔 그곳을 아껴둔다

난 역에 아직 갈 수 없다

그러나 어쩌다 겨울 한때
아신역에 내릴 때쯤이면
괜시리 그리움으로
가슴 미어질 때일 것이고
그쯤 난 어쩔 수 없이 찬 눈처럼
펑펑 아픔을 흘리며 내 눈을
씻어 내기 위해 목구멍이 결려
컥컥 몽울몽울 뱉어내는 일

아직 아프지 않은가보다
은월마을이 인접한 그곳을
겨울엔 발치에 두고
유치찬란해져
항상 그와 난 그리움이 된다

*아신역– 경기도 양평초입역
*은월마을– 경기도 양평군 옥천면 용천리 나의 농장 컨테이너하우스

동대문과 청량리의 봄

동대문성곽 낙산공원 향해
가로수 줄지은 키 큰 나무의
하얀 이팝꽃 피는가 하고

청량리 시계탑 온 데 간 데 없는데
낯선이들만 떠돌다
등을 밀고 뛰어간다
광장엔 사람들이 오가고
어느 사이 계단 아래엔 오랫동안
기다린 나의 연정이 노숙하고 있었다

기차는 급히 출발하고
별~얼 서 이별의 노래는
누군가가 부르고 지나갔다

만천하 꽃인데

꽃으로 피었다
지고 난 후에야 알아
때를 놓치고
전혀 다른 형태로
이어진 자신이
꽃이었던 때를 늘
그리며 한 생을 삽니다

존재감

거반 오긴 다 왔나 봅니다
당신 발걸음이
저 어딘가 버팔로
무리 속에 내쳐 달려오듯
그 발소리에 세상이 화들짝 놀랍니다
이쪽저쪽에서 서로를 일러대는
나무와 꽃들 고자질이 시작되면
서둘러라 어서어서
누구의 관심병 앞자리가 될지
지나고 보면 다 꽃피는 때였다

잠시 동면에 들어 그 깊은
어둠 속에서 잠들다 또다시
피는 날이 있다는 것만도
숨이 쉬어지는 일

지면을 들썩이는 때가
멀지 않으니 좀 더 인내하는 것
살아 있음에 할 수 있는 것
존재감 없어도 존재를 꿈꾸는 일도

사과가 되기까지

사랑할 때는 촛불처럼
가련하기만 한 사람도
싱싱한 숭어처럼 펄떡이는
가슴이 되어버리고
그 가운데 향긋한 체취에
붉은 꽃송이처럼 밀려듭니다

파도가 세차게 달리는
초고속으로 쏴아 부딪고
그리고 온전한 나로부터 나와
나란히 될 때 사랑은 내 옆에 있습니다

사랑은 무조건
오는 것이 아닙니다
사랑은 이해로부터
날 온전히 보듬어야 옵니다

봉해둔 꽃 입술

당신의 아담한
아파트 1층 화단엔
아직 뜯어보지 못한
꽃들이 입술을 봉한 채
주인을 기다리고
당신의 안방엔 어깨가
가끔 들썩이는 삐거덕대는
늙은 자개장 문소리와
넘어지지 않겠다고
벽에 기댄 별이 다섯 개라는
침대가 별 무리 가득해서
외롭지 않게 의지한 온돌 돌침대
오늘 공허 한채 벽을 향해 토라져있다
돌아가지 않던 보일러
당신 그림자는 함부로
손을 대고 나니 윙! 윙! 앙앙
울면서 그간의 서러움처럼
각방에 뜨거운 물을 쏟아
붓는다 싶다가 온몸 구석을
안아 주는 모천의 바다가 된다
빈방을 두고 돌아서려다
당신 그림자 밟고 가는
못난 죄스러움이 아파트

비번을 눌렀다 다시 현관문을
놓치곤 띠리리 닫힌
꾹 다문 당신 입

둥근달

애미야, 사는 것이

힘겨움은 다 같다

세상은 다를 게 없지,

둥근달에 띄우는 당부

구순 지나 백세가는 대보름달 중추절

달이 절구질하며 굽은 등덜미로

프라스틱 둥근 의자를 움직일 때마다

지팡이 짚고 옮겨 다니며

저승보다 이승이 낫다고

가기 싫다 시는 어머니의 추석

음식 입에 넣고 오물거리는

삶의 의지는 오늘 같은

둥근달의 노래로 창밖이

휘영청 밝은 어머니의 백야

달밤

그리미 달 그리미
눈썹에 걸리고만
고요한 정적 소리
까맣고 실없는 밤
아무도 흔적 없고
담장에 비춘 달빛
장미도 흐린 눈빛

달 타작하는 밤

어느새 살가죽이 다 타서
없어진 틈으로 열매를 맺고
핏방울로 기어 입은 상처들
속은 헛헛하고 달빛은 외로운데
가을밤은 깊고 풀벌레는 섧게 울고
달 타작하는 밤은 무섭게 부푼다

동지

누군가 그리워
붉은 가슴 강에
서러움이 가득하고
둥둥 떠오른 하얀 달을
떠서 내 안에 넣고
온종일 울었다

달덩이가 너무 뜨거웠고
보고픔 마저 매정하게
뿌리치듯 삼켜 버린
팥 국물이 눈에서 흘러나왔다
동백은 지겠지

꿈을 꾸는 붉은 공단
저고리에 노고가 쌓여
그 무게 툭 떨어지는
허무

땅끝 마을 어귀에서
활짝 웃고 서 있던
너의 모습이 모정보다
더 진하게 비릿한 사랑
내 얼굴을 쓰다듬던 외할머니

쪽 찐 머리에 동백기름 바르신
옥비녀가 동백 그 꽃보다 예쁨은
눈이 시리도록 아프다

늦여름 소낙비

달려드는 늦여름의 소낙비
저 속에 미움 한 방울
격정 한 덩이 씻겨내는 계절

가을의 문턱을 두드리는 소리
먼 산에서 달려오는 화살 묶음의
빗살가지

여름내 혹독했던 가슴을 후련히 씻겨내듯
세상을 한나절 더듬다
빗길 뒤에 숨는 여름 끝자락

늦여름 매미소리

너와 나의 싸이클
안 맞는 감정풀이

꽃샘추위

아랫목에 온종일 누웠다가
유리창 밖 인기척 봄이라기에
방문 열고 나서보니 적장의 무기인 양
파고드는 칼바람에 온몸이 베었네

긴 여름

강원도 화천을
구비 구비 돌아 멀미나는 길을
따라 청청계곡 산중 민박 여름이
줄줄 빗줄기 내려 자리를
내주고 가는 먼 산

안개구름
두둥실 새아침이 지즐지즐
산새 합창 따라 나무들이
열을 짓고 한여름의 백일홍
도라지꽃 까르르 한들한들
입심 좋은 수다로 무겁던 혼 빼주고

여름의 행락객은 실 시린
다리목 잡아대는 계곡의
현악 4중주에 하루가 뒹굴뒹굴
긴 여름의 시간도 이젠 짧네

가을 편에 서서

지난여름이
너무 뜨겁고 지겹고 미웠다

가뭄은 더욱 싫고 더위로
온몸에 끈적이는 땀이 더 싫었다

그래서 난 가을 편에 서서
호강하고 싶다

이른 가을 코스모스가 좋고
국화의 탐스런 꽃 몽우리
더욱 내 코끝에 애교 부려 좋다

멀리 핑그르 도는
하늘 강 짙푸른 구름 속에
날 싣고 가는 가을이라
더욱 좋다

그래서 가을을 옆에 두고
지금 고집스럽게 얄미운
투정을 하고 있다.

술 한 잔 나누자고

겨울나기

언덕길을 밀고 가는
손수레가 미끄럼을 타고 간다

어느 사이 두 발을 저절로 밀고와
골목어귀에 수레를 놓고
볼 살이 터지고 아픈 찬바람에
태우다가 태워가는 헐벗은 몸으로
오돌오돌 떨던 가로등 푸름한 연기아래

귀갓길 어귀에 삶의 요동으로 부터
군밤 몸을 힘껏 부풀려 겉옷에 단추가 틔울 쯤
군고구마의 가난한 누더기를 벗기는 즐거운 손길
바쁘게 이루어지는 풍요와 가난이 교차하는 겨울

왠지 모를 증오가 목구멍까지 차올라도
오히려 속은 든든히 채워지던 퇴근길
헛헛함과 가난함을 달래 주던 그 마음의 따뜻한 온도
너와 나의 오가는 똑같은 마음 한자리

고목

밤낮으로 날아와 앉은
가지 끝에 새의 두 다리에도
역사를 쓰고 또 쓰고

이젠 그도 나도 앉았다
무심히 일어설 때마다 뚝뚝
가지 부러지는 소리

무수한 날 천둥과 번개가 잔설 가지에
수시로 잦게 왔다 가고 있는 소리

비가 온다

오호라, 귀하다
그 줄기 내리기 무섭게
빗살무늬 창살 벗어나
그 감옥을 박차고 나가 서서
보는 이가 있다

도랑에 졸졸대는 삶이
배배 틀고 신바람 나서
실실 웃고 가고
아스팔트 위 물웅덩이엔
배꼽들이 댄스경연 중이다

참 오랜만에 보는 공연
흥을 감추지 못해 무대 위로
침범하였네!

청명

연록이 잔잔히 걸어오고
우렁우렁 새 꿈이 온다

앞산 능선이 뽀롱뽀롱
피어오르고 한강둔치
물새들 가지끝 새잎 사랑
내님이 다시오네

봄은 오는데 우리는

열심히 고속도로를
달려갑니다

갈걷이로 텅 빈 논밭은
한가하게 빗살무늬인 체
고즈넉하고 살 가지 헐벗은
나무들은 새들이 찾아와
쉬고 가고 난 달리고 달려
목적지를 재고 있습니다

조금 있으면 저곳의 부유가
찾아와 몸 부풀리고 세 늘려
권세를 누릴 것인데

계절은 앞서 큰 걸음이고
우리는 종종 치며 갈수록
칭얼대며 봄을 맞습니다

4

맨발

거실을 오가며 양말을
벗고 가볍게 밀착하는
존엄성처럼 걷는 발길

아프리카 오지 추장 아내로
도톰한 발바닥 장단 맞춰
춤추며 알 수 없는 노래를 하고

북극곰으로 얼음장 위 미끄럼 타는
누군가 쓰다 버린 폐플라스틱을
동무 삼아 짙푸른 밤별 보며 컹컹 울다

섬도 싫다는 쓸모없는
바닷가 갯벌에서 용감하게 쭉쭉 훑어내는
낙지를 줍던 여인의 그 맨발

길지 않은 장딴지가
온대 다 설치고 다녔다
그렇게 맨발로 살다 가고 있었다

먼 길

바위를 겁 없이 깨며 살아왔다

마당 한가운데 호박을 썰어 널어 말리다가
덩그러니 가슴 구멍 숭숭 내가며
시간을 푹푹 삶고 끓여대며 왔음을 알았다

그리고 미처 준비도 못한 채
뼈가 깎기고 피가 뽑히고
진을 다 빼서 내주고도 모자랐고
걸을 때마다 묻는 언어의 절름거림을
탓하면서 게으른 탓으로 내몰았다

그리고 몰두해 온 시간을 모아 온
어설픈 시간만큼 언어의 다리는
돌돌돌 몸체를 끌고 수만 리 길을
차곡차곡 걸어왔어도 아직도 갈 길은 멀다

마음의 온도

달동네 언덕길을 밀고 가는 빙판에
손수레가 미끄럼을 타고
두 발이 밀리어 가도
한겨울 마른 시래기 한 다발
실은 것에도 든든함과

볼살이 터지고 손이 아픈
찬바람에 다 태운 연탄이
벗은 몸으로 오돌오돌 떨어도
가로등이 푸른 연기를 피우는
골목 어귀에 군밤이 몸을 부풀려
겉옷을 벗고, 군고구마 껍질을
벗기는 순간의 행복과

왠지 모를 증오가 목구멍까지 차도
오히려 속은 든든히 채워지던
퇴근길 헛헛함과 가난함을
달래주는 것은 아랫목에 밥주발
그 마음의 따뜻한 온도가 있었다

먹을거리가 많아도
허기진 가난함이란 아이러니
겨울이 부끄러운 줄 모르고
여름같이 맨살을 내민 풍요

어깨를 스치고 가는 널널한
풍요 안에도 없다를 반복한다
무엇이 없는 것일까
마음의 온도는 방향을 잃었다

난감하네

저 꽃들이 미쳤당가
포도시 기냥 있는디
히죽히죽 웃다 살판 날
미친거이 맞는 겨
들판에 허천나게
묵을기 지천이고
죄다 퍼질러 앉아
나물 캐다보믄
화르르 쏟아지는
냉가슴 뭐덜라고
펴쌌냐 꽃낭구야
텃밭 다둑일 일
헐일도 만쿠마
환장하고 난간한 창세기
터져 불라 혀 쌌었쩨
시방
서울살이 이 봄도
출근길 땡겨치고
확, 꽃 귀경 나가 불면
좋컷구마
봄은 임병할라므레
참 머시기혔싼디야

서울살이 처음 적응하는
봄 처녀 횡설이 난감한
그 여인 봄이야기

아득하고 멀도록

땅의 진동 적혈구로 부터
마그마 퍼올려 대지는 들썩이기 시작

끓어라 끓어라 청춘에 숲 가운데
가서 타오르다 죽자한다

비는 추적추적 오고
길마다 백혈구는 넘쳐
지상에 이곳 저곳 꽃 수혈 중

장마는 오고 창마다 눈물 마셔
꽃 수혈은 세상 밖으로 적시고 적셔
멀다 아득하고 너무 멀다

낙화여 낙화여
핏빛 냇물로 철철 내려버려라
나도 둥둥 떠 가리라

손톱

저 혼자 부러지고 깨져서
튕겨나가는 손톱이다

나이가 들었다는 것이
손톱만 하겠는가

다리도 욱신하고
관절이 진이 빠져
시큰한 것도
손톱과 같은 맥락이겠지

나 어린 시절 숙제를 깜박하고
등교해 선생님 앞에 서서
손바닥 맞기 전 손톱부터
물어뜯고 손톱 잘못이 아님에도
그 손톱을 혹사 시켰다

지금은 그것도 아닌
그저 늙었다고 손톱이 저절로
부러져 나간다 생각했지만
아마도 늙음이 아니고 살면서
잘못한 일이 많아 물어뜯지 않아도
내 몸은 나의 지난 시간을 소모 시킨다

그런데 난 무엇을 잘못하고 살았을까

빈터

웃자란 말들
비어있는 공가空家들
버려지고 쓰러지는 분노와 슬픔
대숲에 스치는 바람 소리는 가짜 희망을 말하고

진즉 잡초만 무성한 소리만 큰 양철지붕 폐가는
그 마당엔 젊은 여름의 풀 비린내만 가득하다
그처럼 모자란 말은 나이 들수록 언어를 만들지 못한다

미영이

발랄한 지지배
운동장 한곳에 핀
칸나 같은 껑다리
교복 블라우스도 길고
치마도 길었다

남산 언덕 내려가면
잡풀들 고개 숙이고
악동들 머리 숙이는
당당했던 선도부장

가슴에 암덩이 떼내고
밥통 절반 잘라내고
창자 살점 떼어내도
그때나 지금이나
당당한 칸나가
오늘은 하늘도
태울 것 같다

물방울의 무게

저속에 어느 놈이 들어
숱하게 가난을 싸 들고 셋방을 사나
조롱조롱 무게가 버겁네

울엄니 장날 열무 단 벌려두고
늦은 저녁 되고서야 떨이할제
두 눈에 돌덩어리 떨어졌네

설문 밖 별도 총총 달만큼
콧물 달고 팅팅 붙은 어린 동생
둘러업고 눈 빠져라 기다릴제

높이 뺀 고개 하늘 꼭대기에 박아두면
무심한 밤 서리는
왜 그리 미운 건지

울 엄니 함지 속 풀빵 봉지
목구멍에서 폭포수 넘치네

늙은 섬

썰물 나간 후
다시 돌아오지 않은 바다에 기대어
섬은 적막과 논다
낡은 폐선 깃발만 펄럭이고
포구는 배를 매던 말뚝만 남았다

훠이 훠이
집 밖으로 유모차를 밀고 나오는
등 굽은 어른들만
삐거덕거리며 느리게 걷고 있다
자꾸만 마음 한편이 저려서
작아지는 섬이 슬프다
두고 온 섬에 마음이 끌려간다

늙어간다는 것

의자를 보면
앉고 싶고
대추꽃을 보면
앞으로
저 풍파를 어찌 견딜까
하는

살면서 안 아프고
살면 안 되려나
살면서 녹슬지 않으면
안되려나
매미는 평생 젊음 유지 못해
여신에게 버림받고
한여름 목놓아 우는 것이라는

요즘 석류꽃이 많이 폈다
평소 잘 안 보이던 꽃
저 석류가 온통 눈에 들어오고
석류 꽃밭이 약국 아가씨 같다

늘 안부하는 사람

가끔 누군가에게 살며시
손잡아 주며 안부를 하는 사람

언뜻 언덕에 우뚝 선 소나무
그 향기를 맡으면 못내 잊었던
아버지 인자한 얼굴이 겹친다

먼저 잘 지내느냐고
안부에서 나오는 인내와 자애가
교차하며 늘 대나무 숲과 같이
온전히 든든한 사람

쑥스러워 표현 못 하는
내 삶이 무게마저 알아차리고
지렛대처럼 받쳐주는
배려심이 가득한 숲을 가진
풍만한 향내가 있는 사람이 있다

비와 바람 속에도 온몸으로
막아주는 그 사람은 새벽과 같이 맑은
서로 같은 사람과 나란히 산다

언제나 향기로운 사랑으로

언덕이 되어주고 가림막이 되어주는
차고 넘친 애정 가득한 사람

높음과 넓음이 차곡차곡
쌓이는 대나무와 소나무
곧음과 절도가 분명한
그 사람이 곁에 있어 참 좋다

낯선 하루

억수 같은 비에 푹 젖었던
지난 시간이 활짝 개어
말끔히 씻긴 건축물마다
손을 대 본다

모두가 그대로인 것이
어쩐지 안도감이 든다
멀리 능선을 따라 걷는
소나무도 그대로 내 옆에
안락의자도 그대로

낯선 하루는 눈을 감았다가
뜨는 순간 왔다가 갔다

끝내 붉음에 젖다

만산홍엽 滿山紅葉 산과 들은
훨훨 불 지피며 홍타령 부르다
끝내는 헐거운 잇몸을 드러내고
부끄러운 웃음 흘리다
홀로 멋쩍어 외로움이 된다

깎아내린 절벽 아래 강물도
낙화를 받아내며 윗물 아랫물
온종일 바꾸며 훔쳐내고

오래지 않아 낡아 기워입었던
누더기 한 벌 헐벗은 몸에
두르고 끝줄 타고 가는 날이
저기 온다

그 한마디

문장이 파고드는
낱말과 형체 혼합 몸
그 안에 부비는 결정체

한 송이 꽃을 꽂고
그 그늘 같은 먹구름을
덧 씌우고 한쪽 가슴을
도려내어 한없이
그립지 않은 창을
내며 쭉 밀고 가는
붓 자국

우선이던 그 낱말
가운데 세우고
대각선 끝을 잡고
너를 세워두고
막연히 빛을 통과
시키고 버티고 있다

곰곰한 날

비 오는 양평엔
그는 오래된 가수의 봄비란 노래로 시작
비 오는데도 처량 맞게 밭일을 하고
난 알량한 시집 한권 놓고 세상을 노래한다

트로트 가수 노래는 호소를 하기도
홍겹기도 어깨춤과 엉덩춤이 같이 합체를 한다

무엇이 인생이고
어느 것이 삶인지
이 순간은 모든 곰곰한 날을 마비시킨다

일상이 그립다
— covid-19

골목길에 오토바이 소리
자전거 찌릉소리
아파트 놀이터 아이들
까악_대는 소리
24시 마트 탁자에
마주 앉은 주당들 소리
건너편 호프집에서 새어 나오는
시끌샤끌한 소리
세탁소 앞 평상에 두런두런
서넛 모인 주민 소리
부동산 문 열리며
이사 갈 사람 이사 올 사람
마주 숙이며 악수하는 모습
골목길 꽃들의 철철 피어나는 소리
자동차 크락션 우렁찬 소리
일상이 무너졌다

마스크에 가려 의심의 눈초리
서로서로 겁먹은 듯 넘겨보는 것들
오늘도 내일도 불온한 삶
같이 한다는 것이 무너진 애타는 삶
정이 그리운 오늘의 삶 울창한 숲은
그대로인데 한걸음 떼고 손 뻗는 안타까운 일상

건드림에 대하여

텃밭에 채소들이 정성의
손길 속에 건드림으로 곱게 크고

들에 사는 잡초는 누구도
돌보지 않아도 사나운 짐승과
바람과 온도와 비구름으로
건드림에 의해 쓰림 속
견딤으로 커 왔잖을까

머리와 가슴이 따로
가끔 살면서 누군가
건드림에 무너지곤 한다

씨앗이
수많은 견딤과 건드림 속에
피어나듯 그 건드림의
두려움으로 다신 무너지지 말자
.
피어날 일에는
그 건드림을 견뎌내야
비로소 산목숨이 될 수 있음 알자

빵을 구우면서

사람이 숙성되기까지
각자의 시간이 있다.
서로 애틋하다 돌아서기도
마주하기도 무릇 이것의
순간은 빵의 반죽 시간에서
숙성 시간을 거쳐 고소해 식빵 익히는
과정이 통돌이 안에서 덜커덩 소리와
회전 소리 속에 우리가 모르는 고통의
시간의 부푸는 감정 안에 울고 웃는
발효과정

그리하여 그 보드란 속살의 결이 되서
포실한 내부의 막과 막을 겹쳐 쫄깃하게 한다는 것

그런 후 열광하는 뜨거운 사랑이
짙여지고 빵은 사람이 되기 위해
빵이 빵에게 안부하며 서로 부둥켜
안으면 우리가 지내온 온갖 시간이
도리어 입안에 퍼지는 욕설 같은
생명이 목구멍에서 생명의 폭포수를
빵에 부여한다
빵이 사람이고 빵이 눈물이 아닌가
생필품 경매장에서 1만 원에 낙찰받은
제빵기의 인연은 내가 사는 일이 빵이 되는 일이었다

사랑 가득한 날(새 출발을 위하여)

아들아! 딸아! 첫 출발이구나

눈부신 햇살 빛나는 날처럼
서로 마주한 장밋빛 기운이
세상을 뒤덮듯 사랑이 영글어
같은 길을 걷는
아름다운 발걸음을 딛게 되었구나

세상이 너희에게 험한 길 가는 걸음
시험 들어 멈추게 해도
서로의 마음을 부벼 가며
발걸음 맞추어 용감히 나아가길

온전히 어미와 아비의 품에서 깨어 나와
세상에 떠오다 어느 섬 하나 닿기까지
아름다운 꿈 타고 환희의 파도를 타고
햇빛과 바람 앞에 굳건히 견뎌
서로의 사랑으로 이룬 현실의 문 앞에
경건히 서있는 애틋함이여
이제 앞날의 창공이 열려 세월 들고
무럭무럭 익어 기쁨이 되고 행복이 되고
찬란한 환희로 세상에 빛이 되는 한쌍이길

跋 文

나호열 (시인·문화평론가)

시공時空을 꿰뚫는 생명의 길을 묻다

나호열(시인·문화평론가)

들어가며

『끝내 붉음에 젖다』는『어쩌자고 꽃』(2018)에 이은 은월 김혜숙 시인의 두 번째 시집이다. 대체로 우리는 첫 시집을 통해서 시인이 지향하는 세계관이나 시인의 내면에 자리 잡고 있는 욕구의 징후를 살펴보게 되며, 그 이후 두 번째 시집에서는 그런 징후들이 어떤 방향으로 나아가고 있는지 궁금해 하기 마련이다.

일군의 시인들은 자신의 세계관이나 삶의 지침을 일관되게 밀고 나가는 길을 걸어가고, 또 다른 시인들은 끊임없이 새로움 – 시법이나 인식-을 추구한다. 이 두 개의 길의 우열을 따지는 것은 의미가 없다. 왜냐하면 변화하는 세계 속에서 일관된 의식으로 그 변화에 맞서는 일도 가치 있는 일이며, 그 변화에 민감하게 대응하는 존재의 의미를 묻는 일 또한 모든 예술의 운명이기 때문이다. 그렇다면 은월 김혜숙 시인의『끝내 붉음에 젖다』팔십 편은 우리에게 어떤 행로를 보여주고 있을까? 그 궁금함을 풀기 전에 첫 시집『어쩌자고 꽃』의 인상을 담은 기억을 꺼내어본다.

은월 시는 선이 굵다. 그에게 포획된 시상詩想은 기쁨이거나 슬픔이거나 묵직한 거문고의 울림으로 다가온다. 그 둔중한 울림은 또한 이제 막 돋아난 여린 날개를 퍼덕이며 하늘을 응시하는 새의 몸짓처럼 삶의 희망을 예감하게 한다. 섬세한 필치를 버린 시인의 직설화법이 낯설지 않은 까닭은 우리가 망설이며 감췄던 침묵의 뇌관을 점화하는 힘이 전해지고 있기 때문이기도 하다.

－『어쩌자고 꽃』표 4

어느 때 보다도 우리는 시대의 조류潮流나 경향傾向에 민감하게 적응하지 않으면 소외되거나 도태될지 모른다는 강박감에 시달리며 살고 있다. 상생을 외치지만 경쟁을 피할 수 없고, 자연의 소중함을 알면서도 쓰레기를 마구 만들어낸다. 공생, 두레의 풍습이 사라짐을 아쉬워하면서도 우선적으로 나의 안위를 복면으로 감추고 있는 우스꽝스러운 자화상을 어쩔 수 없다. 이 양면성은 어디에서 오는 것일까? 노자도덕경 5장에는 이런 말씀이 나온다. "하늘과 땅은 어질지 않아 만물을 지푸라기로 만든 개처럼 여긴다.(천지불인 이만물위추구 天地不仁 以萬物爲芻狗)". 이 말은 총체로서의 자연은 각자 삶의 가치기준이 없는데 인간은 헛된 분별심－인의예지와 같은－으로 마음을 어지럽힌다는 뜻이다. 그런데『어쩌자고 꽃』의 해설을 쓴 공광규 시인은 은월 김혜숙 시인을 자연주의자로 명명했다. 사회비판이나 삶을 둘러싼 회의懷疑나 고뇌를 저만치 떨쳐두고 산천수목을 노래하는 시인으로 일컬었으나, 기실 이를 되짚어보면 자연에 대한 탐미는 역설적이게도 아름답지 않은 인간계人間界를 통렬하게 비판하는 것으로 이해할 수 있다는 말과 통한다. 시인이 깊은 관심을 갖고 있는 자연계自然界의 풍광은 억지로 하지 않으면서 생명을 거두는 무위無爲를 감추고 있는 것이다. 그렇다면 이제 『어쩌자고 꽃』으로부터 『끝내 붉음에 젖다』에 이르는 시인의 사유는 어떤 길을 보여주는 것일까?

꽃과의 대화

잘 알다시피 서정시抒情詩의 요체는 시인(話者)의 자아와 세계의 동일화에 있다. 동화同化— 세계의 자아화—와 투사投射—자아의 세계화—는 주로 의인화擬人化를 통해 이루어지는 것이다. 꽃은 바로 이와 같은 동일화의 주된 제재題材로서 널리 시인들에게 활용되고 있다. 개화와 낙화를 통한 삶의 여러 과정들을 감지하게 해줄 뿐만 아니라 다양한 꽃의 모양과 빛깔은 시각적 환희를 맛보게 하기도 한다. 『끝내 붉음에 젖다』1부에 실린 여러 꽃에 대한 감상은 이와 같은 범주에서 크게 벗어나지 않는다. 그런데 몇 편의 시에서는 이와 같은 통념을 벗어나고 있음에 주목하지 않을 수 없다. 「노란 생각 꽃」, 「방울꽃」, 「애기똥풀 꽃」, 「천개」들이 바로 그런 시들이다.

엄밀히 말하면 꽃은 나무나 풀의 생식기관이다. 여러 방식을 택하여 번식의 매커니즘만이 작동되는 것이다. 김혜숙 시인은 그 메커니즘을 "생각나는 것도 없었네 / 그저 무의미"(「노란 생각 꽃」 첫 연)로 받아들인다. 이는 꽃의 생태를 쉽게 완상玩賞의 희열을 노래하는 일에 대해 각성을 요구하는 것이다. 지금까지 과학의 지식으로 보아 생각하지 않는 존재들은 생식 이외의 원초적 본능이외에 생명에 대한 의미를 지니고 있지 않음은 틀림이 없는 사실이다. 이와 같이 당연한 사실에 대한 각성은 생명에 대한 또 다른 층위의 국면을 살펴보게 만든다.

뒤집기 하고
기어가기 하고
일어나 앉기 하고
걸음마 하면서

봄기운에 신나
들에서 밭둑과
논둑길에서

한 번씩 귀엽다
엉덩이 두들겨주는 바람에
삐죽삐죽 앙앙앙
울음소리
아가의 노란 응가

― 「애기똥풀 꽃」 전문

　인간의 입장에서 보면 그다지 유용하지 않은 들꽃인 애기똥
풀 꽃이 피어나는 봄날에 시인은 간난 아기의 모습을 찾아낸
다. 영아기의 여리고 작은 아기에게는 오직 엄마의 가슴에 안
기고. 다른 양식이 필요하지 않은 오직 모유만이 유일한 기쁨
일 것이다. 오욕에 물들지 않은 그러나 태초의 생명의 약동이
배설하는 똥마저도 어여쁜 시간이 우리 모두에게 있었음을 상
기하게 만든다. 시각적 이미지와 청각적 이미지가 성공적으로
버무려진 시가 아닐 수 없는데 시 「방울꽃」 또한 이와 같은 새
로움을 보여주는 시로 재미있게 읽혀진다.

　젖니 하나 둘 셋

하얀 이 사이로
까르르 웃음소리

총총총 계단 밟고
내려 올 아기의
걸음마

곧
손발
오동통통
물 오르는 소리

                  – 「방울꽃」 전문

  방울꽃을 본 적이 없어도 '아기'의 천진무구한 해맑음과 희로
애락을 배제한 무의미한 생명의 거룩함을 선연히 떠오르게 하
는 힘이 느껴지는 것이다. 생명에는 귀천이 있을 수 없고 유무
용의 가치가 있을 수 없다. 김혜숙 시인이 인식하는 생명의 원
형은 위 두 편의 시에 등장하는 '갓 태어난 아기'로서 무한증식
의 만다라曼陀羅, mandala인 것이다. 모남이 없이 둥근 우주
의 본질이 만물에 구유되어 있음을 시 「천개」는 요약해서 표현
하고 있다. 부제로 양주나리공원이 붙어 있는 시 「천개」는 '눈
망울', '바람', '구름'. '윤슬', '노래', '나무', '소리'와 같이 이질
적인 형상이나 사물을 '천 개의 ~'에 병치시키면서 원융圓融의
세계의 실상을 보여주고 있다. 이 시에서의 '천개'는 '만萬'과
마찬가지로 정확한 수량을 말하는 것이 아니라 고향만리가 '멀
다' 의미를 과장해서 말하는 것처럼 '많음'을 뜻하는 것이다. 많
으면서 하나인 만다라는 슬그머니 천개天蓋에 닿는다. 천개天
蓋는 불상佛像의 머리 위에 씌우는 양산과 같은 것으로서 부처

의 공덕을 기리는 것이다. 그렇다면 시「천개」에 나열된 '눈망울', '바람', '구름'. '윤슬', '노래', '나무', '소리' 등등은 그 자체로 존엄한 존재로 자리 잡게 되는 것이다.

만행卍行의 시

만행卍行은 불가佛家에서 수도승들이 산문山門에서 나와 일정 기간 세상을 주유周遊하는 것을 이르는 것으로서 해탈이 경전이나 참선뿐만 아니라 범인凡人들과의 교섭을 통해서도 이루어질 수 있음을 체험하는 것이다. 세속의 우리들의 일상은 수많은 사람들과 만나고 헤어지면서 희로애락을 맞이한다. 그 풍경 속에서 삶의 지혜를 얻기도 하고 염세厭世에 빠지기도 하는 것이다. 풍광이 아름다운 곳, 역사적으로 유서 깊은 곳. 생전 가보지 못한 곳을 찾아가는 것 또한 우리에게는 뜻깊은 만행이 될 수도 있겠다. 이렇게 생각해보면 우리 일상 그 자체가 수행修行인 것이다. 이 시집에서 김혜숙 시인도 외딴 섬과 사찰 등 많은 곳을 다녀오고 그 감상의 시편들을 다수 생산해 내었다. 그런데 시인의 여행 시편 중에서 눈에 띄는 몇몇 시들은 일반적인 감상을 넘어서 삶의 이면을 뒤집어보는 통찰을 보여주고 있어 눈길이 간다.「구리시장에서」,「구리 역」,「구리 섬에 닻을 내리고」,「강변역에서」등의 시는 시인의 생활권역에서의 만행을 담은 시들이다.

도시에서의 생활은 익명과 복면의 사람들과의 조우이며, 교통사고 등의 각종 재해의 위험에 노출되어 있다. "나는 목적지에 전차가 도착한 순간부터 / 귀소본능에 시달리곤 한다"(「강변역에서」부분) 는 토로는 도시인들에게 잠재한 불안 의식에 닿아 있다. 또한 같은 시에서 "젊은 날 출근길마다 / 잘 다녀오

길 염려하고 / 무사한 하루로 돌아올 것을 / 염려하셨던 어머니가 생각나”는 지금까지도 해소되지 않고 있는 두려움이라고도 할 수 있다.

　떠날 때는 돌아옴을 염려하고, 항상성恒常性의 일상이 사라진 탓에 “뒤편에 할아버지는 늘 / 조용히 할머니를 지키고 계신” 구리시장 노점의 풍경을 염려하게 되는 것이다. 시인은 자신이 살고 있는 도시를 ‘섬’이라 믿는다. ‘섬’은 격절의 변방이면서 동시에 답답한 일상으로부터의 탈출을 상징하는 동경의 장소이기에 “그 섬 하나 마음 안에 / 짓고 부둣가에서 / 누구라도 기다려 볼일”(「구리 섬에 닻을 내리고」)이라고 스스로를 위안한다. “석탄 실은 기적소리” (「구리 역」)는 들리지 않고, 돌다리는 사라졌어도 이제는 더 헤매이지 않고 이곳이 삶의 종착역이라는 “사랑이 도착했다”(「구리 역」 5연)는 토로는 만행이 거두어들인 소소한 깨달음이다. 그런데 김혜숙 시인의 만행은 이와 같이 익숙한 발길이 닿았던 곳들에서 마주친 감상을 넘어서는 또 다른 진경을 보여주고 있어 이채롭다. ‘작천정에서’라는 부제가 붙은 시 「꽃님 보살」을 살펴본다.

요양원 가는 길목에
꽃 눈물 흘리는데
벚꽃 터널 앞으로
꽃님 보살 나란히 춤사위하며
하늘의 귀한 손님 내렸으니
눈 부릅뜨고 걷거라
어허
꽃님 보살 옆구리에서
벚꽃잎 뿌려가며
쿡쿡 찔러대는 꽃 터널 옆

카페 촌과 고깃집에
희락과 살생 곁에
연신 돈 보따리 꽃 보따리
꽃 보살 복채 들고 신명 나서
꽃 빗자루 털며
천귀사 꽃님 보살 영남 알프스
고개를 설설 설 넘어가네

– 「꽃님 보살」 전문

작천정酌川亭은 간월산에서 흘러내린 작괘천변의 정자로서 조선조 세종 때 건립되었다고 알려진다. 계곡을 따라 울산 삼 남면으로 내려오면서 벚꽃길이 이어져 있어 예로부터 시인묵 객들의 사랑을 받았던 곳이다. 그러나 예전의 호젓한 풍경은 사라지고 지금은 인파가 끊이지 않는 유원지가 되어버렸다. 시 인은 그곳에서 인생의 파노라마를 목격한다. 그곳에는 삶의 마 지막 쉼터인 요양원이 있는가 하면, 부질없는 쾌락의 카페와 살생에 가책을 느끼지 않으며 식탐을 즐기는 고깃집이 즐비하 다. 그런가하면 산허리 어디메쯤에 극락極樂을 염원하는 천귀 사가 있어 '꽃님 보살'은 지금 그리로 가고 있는 중이다. 시인(話者)은 삶의 업보를 걸머진 '꽃님 보살'의 신명난 모습을 통해 우리네 삶의 아이러니를 그려내고 있다. 어쩌면 이 '꽃님 보살' 은 때에 맞춰 피었다가 아무 일 없는 듯이 산화하는 벚꽃의 휘 날림일지도 모른다는 생각에 더 마음이 가닿는다. 바람에 가루 처럼 부서져 내리는 벚꽃이 휴식과 안녕을 찾아 몰려드는 사람 들에게 온몸을 던지는 묵언默言, "고개를 설설 설 넘어"간다고 넌지시 타이른다.

이와 같이 시 「꽃님 보살」은 섣부른 비탄이나 회오悔悟를 강요하지 않는 미덕을 보여줌으로써 생명에 대한 각자의 성찰을 요구할 뿐이다. 따지고 보면 유한한 생명을 무한의 경지로 끌어올리는 길은 어디에도 없고, 어디에도 없으므로 그 길을 찾고자 하는 욕구를 꿈으로 회생시키는 것인지도 모른다.

김혜숙 시인의 시편이 공감을 일으키는 힘은 어떤 사태에 대해 판단중지를 꾀할 때 극대화된다. 시인이 체득한 가치 기준을 버릴 때 우리가 목격하는 시 속의 풍경은 전인미답의 풍경으로 다가온다. 시 「백령도에서」도 우리가 알고 있는 모든 정보가 사상捨象되어 있음을 알 수 있다. 서해상 북한과 가장 가까이 근접해 있으며, 그만큼 분단의 아픔이 서린 우리에게는 먼 섬이며, 기기묘묘한 바위들이 절경을 이루는 두무진이 있으며, 까나리의 생산지로서 풍부한 어장을 가진 곳이라는 이야기들은 시인의 시선에는 잡히지 않는다. 시인의 앵글은 꼭 백령도에서만 조우할 수 있는 것이 아닌 물오리와 괭이갈매기에 초점이 맞춰져 있다. 물오리와 괭이갈매기는 살아가는 방식이 다르다. 물오리도 날개가 있으나 그 날개는 "지붕에는 오르기는 하지 / 뛰어내리는 행동"외에는 쓸모가 없으며, 그와 달리 창공을 마음대로 휘젓고 나는 괭이갈매기는 " 배설물조차 절벽이든 / 나뭇가지든" 자기 맘대로 내지르는 일에 날개를 사용한다는 것이다. 장자莊子의 우화를 상기하듯 시인은 백령도의 풍광을 이렇게 던져놓을 뿐이다. 다시금 생명, 모든 존재에는 가치의 우열이 없음을 이렇게 표현할 뿐이다.

날 수 있는 것도 날지 못하는 것도
이 세상에 다 같은 존재
백령도 물오리와 괭이갈매기가 그렇습니다

– 「백령도에서」 마지막 연

시간에 대한 예의

누구보다도 김혜숙 시인은 시간에 민감한 사람이다. 생활인
으로서 그에게 시간은 톱니바퀴가 되어 한 치의 오차도 없이
흘러가는 밀린 숙제와도 같(았)다. 돌이켜 보면 '꽃'에 대한 시
인의 관심은 완상玩賞을 넘어서서 아기로 상징되는 순수의 결
정체임을 자각하는 것이며, 더 나아가서 "지나고 보면 다 꽃
피는 때"(「존재감」)임을 상기하게 만드는 교과서이기도 하다.
알다시피 우리의 일생은 봄과 가을은 짧고 여름과 겨울은 긴
사계절을 반복하고 있다. 지루한 생활에 유폐되어 있다고 투덜
댈 때, 어김없이 바뀐 계절은 소나기의 죽비가 되어 "저 속에
미움 한 방울 / 걱정 한 덩이 씻겨내는"(「늦여름 소낙비」)각성
을 선물해 주는 것이다. "유리창 밖 인기척 봄이라기에 … 파
고드는 칼바람에 온몸이 베이"(「꽃샘추위」)는 일이나 "연록이
잔잔히 걸어오고 / 우렁우렁 새 꿈이 오는"(「청명」첫 연)광경을
목격하는 기쁨도 "계절은 앞 서 가는 큰 걸음이고 / 우리는 종
종치며 가"(「봄은 오는데 우리는」) 는 시간과의 화해를 건네는
일인 것이다.

밤낮으로 날아와 앉은
가지 끝에 새의 두 다리에도
역사를 쓰고 또 쓰고

이젠 그도 나도 앉았다
무심히 일어날 때마다 뚝뚝
가지 부러지는 소리

무수한 날 천둥과 번개가 잔설 가지에
수시로 잦게 왔다 가고 있는 소리

                    - 「고목」 전문

　고목은 오래된 나무(古木)이며 장차 말라 죽어버릴(枯木)이
다. 젊은 날 "바위를 겁 없이 깨며 살아왔"(「먼 길」)다 하더라도
생의 의지를 곧추세우며 부동不動의 평화를 지닐 수 있다면 얼
마나 좋겠는가! 고목이 되어가도 따스한 마음이 간직될 수 있
다면 더 바랄 것이 없을 것이다.

　왠지 모를 증오가 목구멍까지 차도
　오히려 속은 든든히 채워지던
　퇴근길 헛헛함과 가난함을
　달래주는 것은 아랫목에 밥주발
　그 마음의 따뜻한 온도가 있었다

                    - 「마음의 온도」 3연

　『끝내 붉음에 젖다』4부는 거슬러 올라갈 수 없는 시간에 대
한 회고와 앞으로 다가오는 시간을 귀한 손님으로 맞이하는 예
의를 갖추고자 하는 숙고熟考의 시편들로 가득 차 있다. 그 숙
고는 속절없이 허무에 빠지는 것도 아니고, 어설프게 삶의 희
망을 노래하는 것도 아니다. 시간은 모든 존재를 고목(古木)으
로 만들고 이윽고 고목(枯木)으로 산화시키지만 그 과정 속에
는 '숙성'이라는 놀라운 지혜가 깃들어져 있음을 김혜숙 시인은
찾아내고 있는 것이다. "사람이 숙성되기까지 / 각자의 시간이
있다"(「빵을 구우면서」)는 전언은 생명이 나고 죽는 과정으로
끝나는 것이 아니라 빵이 되어 서로의 양식이 되어가는 것이라

는 성찰에 도달하게 되는 것이다.

　빵은 사람이 되기 위해
　빵이 빵에게 안부하며 서로 부둥켜
　안으면 우리가 지내온 온갖 시간이
　도리어 입안에 퍼지는 욕설 같은
　생명이 목구멍에서 생명의 폭포수를
　빵에 부여한다
　빵이 사람이고 빵이 눈물이 아닌가

　　　　　　－「빵을 구우면서」 마지막 연의 부분

　우리는 시간과 공간의 굴레에서 결코 벗어날 수 없다. 김혜숙 시인은 철 따라 피는 꽃에서 생멸에 연연하지 않는 순수純粹를 배우고 자신을 둘러싼 굴레 － 사회라 통칭하는 －를 만행하면서 그 순수함이 하늘이 내린 본능에 따라가는 것임을 알게 되었다. 그리하여 그 순수함과 모든 존재에 내재하는 본능이 형이상학적인 시간에 포섭될 때 "빵이 사람이고 빵이 눈물"이라는 거룩한 선물을 기꺼이 받아드는 것이다.

　나가며

　지금까지 『끝내 붉음에 젖다』를 관통하는 시인의 사유를 대략 살펴보았다. 이 글의 앞머리에서 김혜숙 시인의 첫 시집 『어쩌자고 꽃』으로부터 시작해서 『끝내 붉음에 젖다』에 이르기까지의 과정을 통해 시작법詩作法이나 세계관이 여전히 흔들림이 없이 자연의 생명력에 대한 탐구에 이어져 왔음을 확인할 수 있었다. 새로움이 찬양받는 세태속에서도 변함없는 시력視力을 잃지 않는다는 것은 시간에 맞서기보다 능동적으로 시간을 숙성시키고 발효시킴으로서 '빵'으로 환유된 삶의 즐거움을 노래하고자 하는 열정에서 가능한 일이라고 생각한다.

　김혜숙 시인은 생활인으로서 바쁜 일상을 영위하고 있다. 그럼에도 그는 쉼없이 생활의 단상을 수 백편의 시로 옮겨 놓았으며 시집『끝내 붉음에 젖다』는 그 중의 일부임을 밝히지 않을 수 없다. 장식을 배제하는 직설적인 언어는 다시 둔중한 거문고의 선율을 얹어 무애無碍의 경지로 아로새겨지고 있다. 끝으로 시「끝내 붉음에 젖다」를 마음에 담으면서 김혜숙 시인의 건필을 기원한다.

만산홍엽 滿山紅葉 산과 들은
훨훨 불 지피며 흥타령 부르다
끝내는 헐거운 잇몸을 드러내고
부끄러운 웃음 흘리다
홀로 멋쩍어 외로움이 된다

깎아내린 절벽 아래 강물도
낙화를 받아내며 윗물 아랫물
온종일 바꾸며 훔쳐내고

오래지 않아 낡아 깁고 있던
누더기 한 벌 헐벗은 몸에
두르고 끝줄 타고 가는 날이
저기 온다

　　　　－「끝내 붉음에 젖다」 전문